LES DEUX ARCHERS

LÉOPARDI ET SHELLEY

—IMPRESSIONS DE LECTURE—

PAR

Paul BLIER

CAEN

TYPOGRAPHIE DE F. LE BLANC-HARDEL, LIBRAIRE

RUE FROIDE, 2 ET 4

—

1873

LES DEUX ARCHERS

LÉOPARDI ET SHELLEY

—IMPRESSIONS DE LECTURE—

PAR

Paul BLIER

CAEN

TYPOGRAPHIE DE F. LE BLANC-HARDEL, LIBRAIRE

RUE FROIDE, 2 ET 4

—

1873.

LES DEUX ARCHERS.

Ils marchaient enlacés, à l'ombre des ormeaux ,
Éros et Thanatos , ces beaux archers jumeaux
    Que la jeunesse en fleur couronne.
L'un est rose et riant, l'autre grave et pâli ;
Et de traits acérés leur carquois bien rempli
    A leur pas cadencé résonne.

Au détour du chemin, un bélier tout à coup
Brusque et joyeux les heurte, — et, chancelant du coup,
    Les Archers roulent sur la mousse.
Un bond les a remis sur pied, — mais désarmés
Car dans l'épais gazon tous leurs traits sont semés,
    Éparpillés par la secousse.

Et le couple immortel de chercher sans retard,
Et dans l'étui vidé de remettre au hasard
    Les flèches qui leur échappèrent.
Bientôt les traits perdus ont gonflé les carquois :
Le mal est réparé. Les Archers toutefois
    Sur un point grave se trompèrent.

Éros de son ami ramassa quelques traits ;
Thanatos pour les siens prit de ses doigts distraits
    Quelques-uns des traits de son frère :
De là vient que parfois l'Amour frappe un vieillard ,
Et que parfois la Mort sent dévier son dard
    Sur le fils , en visant le père.

LÉOPARDI.

IMITATIONS.

I.

AU PRINTEMPS.

O Soleil ! ô Printemps ! Souffle réparateur
Qui des airs assoupis dissipes la langueur,
Et, dans l'azur limpide où le jour vient d'éclore,
Fonds la lourde nuée aux baisers de l'Aurore !
Joie et clarté, salut ! Salut, ô Renouveau ,
Qui rends avec l'amour ses chansons à l'oiseau !
C'est toi qui sur tes pas ramènes l'espérance
Et c'est toi, dans mon cœur glacé par la souffrance
Qui d'un sourire ami viens encor ranimer
Le courage de vivre et le désir d'aimer !

O Nature ! tu vis, et tu vis immortelle !
Trop longtemps oublieux de ta voix maternelle,
Notre oreille aujourd'hui se rouvre à tes accents,
Et notre âme attendrie en reconnaît le sens.

Les Nymphes autrefois erraient sur les rivages ;
Les sources, clairs miroirs de leurs jeunes visages,
Leur offraient un paisible et transparent séjour,
Où seul osa parfois les poursuivre l'Amour ;
Des chœurs mystérieux et des danses nocturnes,
Qu'éclairaient de Phébé les rayons taciturnes,
De divines rumeurs troublaient les bois profonds,
Et d'un pied immortel ébranlaient les grands monts
D'où pendent aujourd'hui quelques tours en décombres,
Et dont l'Aquilon seul hante les forêts sombres.
Le berger qui menait, à l'ombre de midi,
Ses agneaux altérés boire au fleuve attiédi,
Entendait, sur la rive où se dresse l'yeuse,
Résonner du vieux Pan, vague et malicieuse,
La chanson dont il aime, en se cachant toujours,
A se faire poursuivre au fond des grands bois sourds.
Il voyait frémir l'onde et s'étonnait peut-être
— Désireux et tremblant de l'y voir apparaître —
Que la fière Artémis au trait rapide et sûr
Ne vînt pas, sous ses yeux, laver dans le flot pur
Ses bras, son sein de neige et sa main meurtrière,
Que la chasse a souillée de sang et de poussière.

Les fleuves et les monts, l'herbe et les bois mouvants
Ont, aux siècles passés, été pour nous vivants.
Les airs, la nue errante et la lune sereine
Ont connu les enfants de la famille humaine.
Dans ces âges lointains, ô flambeau de Cypris !
Sur les flots orageux le voyageur surpris,
Te cherchant, te suivant d'un long regard avide,
Marchait à ta lumière et te prenait pour guide, —
Rassuré dans son cœur et se disant tout bas
Que, t'ayant pour compagne, il ne périrait pas.
Tel autre, s'arrachant aux intrigues serviles,
Aux honneurs, aux affronts, aux querelles des villes,
Si, dans sa fuite aveugle, il se sentait parfois
Heurter d'un tronc rugueux en traversant les bois,

S'imaginait soudain qu'une flamme divine
Avait, au choc de l'arbre, envahi sa poitrine,
Et que le chêne antique aux immenses rameaux
L'accueillait, vaguement sympathique à ses maux ;
Tantôt il entendait, d'une haleine indécise,
La feuille respirer au frisson de la brise,
Et Phylis et Daphné, s'étreignant cœur à cœur,
Dans le secret des bois palpiter de douleur;
Tantôt, dans ces rumeurs qui montent des vallées,
Il croyait distinguer les plaintes désolées
De Climène, pleurant sur son fils imprudent
Que noya Jupiter aux flots de l'Éridan.

Et vous, rocs sourcilleux, antres béants dans l'ombre,
Vous saviez compatir à nos douleurs sans nombre,
Lorsque vous abritiez cette voix des déserts,
Écho, — qui n'était pas un jeu trompeur des airs
Alors, mais une nymphe à tout bruit éveillée,
De son corps délicat lentement dépouillée,
Par un destin cruel et par un triste amour.
A travers les rochers brûlés des feux du jour,
Au pied des monts dressant une cime escarpée,
Morne, elle redisait en plainte entrecoupée
Le cri de nos douleurs qu'elle n'ignorait pas...

Entre le monde et nous, ils sont rompus, hélas !
Tous ces vivants anneaux d'une chaîne divine.
L'Olympe inhabité n'est plus qu'une ruine ;
Aveugle et sans dessein, la Foudre désormais
Court sous la nue en feu de sommets en sommets,
Et d'une froide horreur également pénètre
Les mortels, qu'elle va frapper sans les connaître.
La Terre enfin, la Terre à nos vœux superflus
Ferme son cœur de mère et ne nous répond plus...

Puisqu'il en est ainsi, toi, du moins, ô Nature,
Des maux dont le Destin nous raille et nous torture

Reçois la confidence, et ranime en mon cœur
De l'antique beauté le souffle inspirateur !
Si tu vis, ô Nature, et si rien sur la terre,
Rien au ciel ne s'émeut à notre angoisse amère, —
Sois l'auguste témoin de tous nos vains labeurs,
Et, sans y compatir, constate nos douleurs.

II.

A NÉRINE.

En revoyant ces lieux où tu vécus, Nérine,
Mon cœur tout plein de toi s'émeut dans ma poitrine.
Eh ! comment t'oublier ? Je m'oublierais plutôt
Que l'enfant aux grands yeux qui m'a quitté si tôt.

Vers quels bords, sous quels cieux t'en es-tu donc allée ?
Où t'es-tu donc enfuie, ô ma joie envolée,
Que je ne trouve plus, en revenant ici,
Que ton cher souvenir, —hélas ! et mon souci ?
Ce doux pays natal, ce toit qui te vit naître,
Ils pleurent ton absence ; et l'étroite fenêtre
Propice aux entretiens où nous causions tout bas,
Ni pour toi, ni pour moi ne se rouvrira pas !
Dans ta fenêtre, close ainsi que ta demeure ,
Luit tristement, le soir, l'étoile qui te pleure...
Où donc es-tu ? Ta voix qui m'emplissait d'émoi
Pour un mot murmuré qui venait jusqu'à moi,
Ta voix où résonnait ton âme pure et tendre,
Jamais, —quoi ! jamais plus ne pourrai-je l'entendre ?

Non. Le rêve est fini. Tes jours sont révolus.
L'ombre, ô mon doux amour, est sur toi. Tu n'es plus !

D'autres vont maintenant te remplacer, et vivre
Sur ces coteaux fleuris que la vendange enivre.
Comme tu passas vite, enfant au court destin !
Ta vie a fui, pareille au songe du matin...
Tu rayonnais de joie, heureuse, épanouie,
Et tu ne marchais pas, — tu glissais dans la vie.
Ton rêve confiant souriait dans tes yeux ;
Mais ce rayon d'amour, le Destin envieux
S'apprêtait à l'éteindre, en te couchant sans rêve
Dans le funèbre lit d'où nul ne se relève.

Ah ! Nérine, mon cœur, fidèle à ton amour,
Mon cœur, où tu survis, t'appartient sans retour.

Si , malgré moi, parfois, j'assiste à quelque fête,
Je me dis en moi-même : « O Nérine, on s'apprête
« Pour la danse, et toi seule, oublieuse du bal ,
« Tu n'accours plus parée à son joyeux signal. »
Si Mai, le mois divin que l'Amour accompagne,
Vient reverdir le bois et fleurir la campagne,
Aux beautés du hameau quand les jeunes garçons
Prodiguent à l'envi les fleurs et les chansons,
Je dis : « Jamais pour toi , jamais, ô ma Nérine,
« Ne reviendra l'amour, ni la saison divine... »
Quand un beau jour me fait des champs un paradis,
Quand de quelque bonheur je suis témoin, je dis :
« O Nature ! à quoi bon l'éclat que tu déploies ?
« Nérine dort dans l'ombre et ne sent plus nos joies. »

Hélas ! tu n'es plus, toi, mon éternel soupir !
Tu n'es plus ; mais ton triste et touchant souvenir
Me reste, et remplira les longues rêveries
Où mon regret s'exhale en plaintes attendries,

III.

L'AMOUR ET LA MORT.

De l'aveugle Destin sont nés le même jour,
Couple immortel, la Mort et son frère l'Amour.

Terribles et charmants, ils s'avancent sans voiles ;
Et le monde, ici-bas, et, là-haut, les étoiles
N'ont rien qui soit si beau que le frère et la sœur.
L'un, de son frais sourire enivrant notre cœur,
Des roses du bonheur aime à fleurir nos voies,
Et par lui nous goûtons les plus profondes joies
Que la vie ait jamais vu flotter dans son cours.
L'autre, vierge aux bras blancs, comme un dernier recours,
Comme un port de salut quand tout nous abandonne,
S'offre à nous, douce à voir sous sa pâle couronne.
Bien loin de ressembler au spectre décharné
Que prend pour elle un lâche à souffrir obstiné,
Belle et tendre, elle endort, ainsi que l'Espérance,
Sur son sein virginal notre longue souffrance.

O Mort ! le jeune Amour souvent, dans son bonheur,
De t'avoir pour compagne a rêvé la douceur :
Et, tous deux enlacés, dans le ciel solitaire,
Vous planez au-dessus des choses de la terre, —
Puissants consolateurs de ces esprits hautains
Que la sagesse instruit aux généreux dédains.
C'est que, frappé d'amour, l'homme se sent plus sage,
Qu'à mépriser la vie il grandit en courage,
Et que nul sentiment, d'un élan plus viril,
En lui haussant le cœur, ne le pousse au péril.

Quand, dans un cœur profond, qui l'ignorait encore,
La passion d'amour vient tout à coup d'éclore,

Le désir de mourir mêle, au même moment,
Sa langueur accablante aux rêves de l'amant.
Pourquoi ? Je n'en sais rien. Mais je sens par moi-même
Que tel est de l'amour le contre-coup suprême.
C'est peut-être que l'homme, au loin, voit devant lui
Se dérouler la vie et son immense ennui ;
Et qu'il comprend alors qu'il ne saurait plus vivre
Après avoir goûté ce lotos qui l'enivre,
Ce bonheur infini d'un idéal amour, —
Qu'il vient de concevoir, et qu'il peut perdre un jour.
C'est le ciel, mais un ciel où montent les nuages.
Et lui, qui dans son cœur en pressent les orages,
Il appelle le calme, et veut rentrer au port
Avant que dans sa voile ait éclaté l'effort
De l'Autan, qui déjà rugit ardent et sombre
Et sur son front pensif vient amonceler l'ombre.

Plus tard, quand la puissance aux formidables rêts
L'enveloppe, captif de ses vœux indiscrets ;
Quand dans son cœur, où semble avoir passé la foudre,
Le souci dévorant a tout réduit en poudre,
Combien de fois l'amant, en se tordant les bras,
D'un désir furieux ne t'appelle-t-il pas,
O Mort ? Combien de fois, que le jour naisse ou meure,
Cachant son désespoir au fond de sa demeure,
Ne t'a-t-il pas crié cet aveu douloureux
« Qu'il te veut pour refuge, et qu'il se tient heureux,
Si, de ce lit d'angoisse où sa force succombe,
Il peut fuir la lumière et passer dans la tombe ! »
Souvent, quand sonne un glas ou que passe affaibli
Le chant qui conduit l'homme à l'éternel oubli,
Il envie, en pleurant, la paix et le mystère
De ceux qui vont dans l'ombre habiter sous la terre.

Que toujours le Destin aux grands cœurs hasardeux,
Aux heureux, aux fervents donne l'un de vous deux,

Couple puissant et cher à la famille humaine,
Pour exalter leur joie ou consoler leur peine
Nul pouvoir à vos droits ne ressemble ici-bas;
Et nul, — sauf le Destin, — ne prend sur vous le pas.
O Mort! vierge divine aux mains pleines de palmes,
Qui sur nos maux penchée en souriant les calmes!
Si jamais j'ai chanté ton charme souverain;
Champion plein d'ardeur, si, d'un mépris serein,
J'ai du vulgaire ingrat qui tremble en ta présence
Flétri l'outrage inepte et vengé ta puissance, —
Ne tarde plus: j'attends ton baiser maternel:
Toi qu'on repousse, ô Mort, accours à mon appel!

Du reste, tôt ou tard, et quelle que soit l'heure
Où, propice à mes vœux, tu voudras que je meure,
J'en jure par ton nom! le front calme et hautain,
Tu me trouveras prêt, — faisant face au destin.

A L'ALOUETTE,

TRADUIT DE SHELLEY.

> Like a poet hidden
> In the light of thought,
> Singing hymns unbidden. —
>
> SHELLEY, *To a Skylark.*

I.

Salut à toi, joyeux esprit,
— Car pour oiseau fou qui te prit,
Vive Alouette ! —
Toi qui des cieux, ou près des cieux,
Mieux qu'un poète,
Fais éclater vifs et joyeux
Les chants improvisés où ton cœur se reflète.

II.

Plus haut ! toujours plus haut ! Ton vol
Déjà t'emporte loin du sol,
Comme un nuage :
Déjà ton aile au grouffre bleu
Fuit, plane et nage.
Ton vol et ta voix sont de feu :
Monte, monte,—et dans l'air laisse un chant pour sillage !

III.

Dans le ciel du couchant, que teint
La pourpre du soleil éteint,
Nocturne aurore
Dont le nuage où dort l'éclair
S'embrase encore,
Tu vogues, — et te fonds dans l'air,
Comme un rêve éthéré qui naît — et s'évapore.

IV.

La pâleur du soir s'attendrit
Autour de ton vol, doux esprit,
Chère âme ailée !
Comme au grand jour l'étoile d'or
Reste voilée,
Si je te perds dans ton essor,
J'entends toujours ta joie à grands cris exhalée.

V.

Moins perçants que tes cris joyeux
Sont les traits qu'éparpille aux cieux
Phébé qui passe, —
Phébé, que l'éclat du matin
Pâlit, efface,
Jusqu'à ce que l'œil incertain
A peine, en l'y cherchant, distingue au ciel sa place.

VI.

Des vibrants accords de ta voix
Résonnent gaîment à la fois

La terre et l'onde.
Ainsi, dans le ciel étoilé,
La lune blonde
Sortant d'un nuage isolé
Fait pleuvoir ses rayons, dont tout le ciel s'inonde.

VII.

Qui donc es-tu ? Nul ne le sait. —
Quel est, du moins, l'être ou l'objet
Qui te ressemble ?
— De l'arc-en-ciel aux sept couleurs,
Qui flotte et tremble,
Moins brillants s'égouttent les pleurs
Que tes chants, doux échos du cœur qui les rassemble.

VIII.

Il te ressemble le songeur
Qui vit caché dans la splendeur
De la pensée, —
Qui chante un chant libre, et qui veut,
Vrai fils d'Alcée,
Que le monde enfin, qu'il émeut,
Sympathise aux espoirs dont son âme est bercée.

IX.

Elle aussi te ressemble encor,
La noble vierge aux longs cils d'or,
Blonde comme Ève,
Qui, dans la tour de son manoir,
Priant sans trêve,
Charme son cœur, quand vient le soir,
D'un chant presque aussi doux que l'amour qu'elle rêve.

X.

Comme elle, il te ressemble aussi,
Le ver-luisant, qui, sans souci
D'aucun salaire,
Au fond d'un ravin frais et creux
Luit solitaire,
Et vers le ciel dardant ses feux,
Dérobe à nos regards sa lampe et son mystère.

XI.

La rose enfin, trésor d'avril,
Rappelle, en son parfum subtil,
Tes mélodies, —
Quand de ses fleurs, qu'un vent brûlant
A défleuries,
Elle fait fuir, en s'exhalant,
Sous l'excès des parfums les brises alourdies.

XII.

— Bruissement sur le gazon
De l'ondée où perce un rayon,
Fleurs purpurines
Où l'aurore égrène au réveil
Ses perles fines :
Tout ce qui rit frais et vermeil
Le cède à la douceur de tes chansons divines.

XIII.

Esprit céleste ou simple oiseau,
Dis-moi de quel rêve si beau

Ton cœur s'embrase ?
Car jamais l'amour ni le vin,
Prompts à l'emphase,
N'ont trouvé de chant si divin,
Ni versé dans mon cœur un tel courant d'extase

XIV.

Rivaux de ton gai festival,
Chœur d'hymen et chant triomphal
Feraient sourire.
On n'y verrait avec pitié
Qu'un vain délire,
Un rêve traduit à moitié
Où manque l'idéal qui dans ton chant respire.

XV.

D'où tires-tu les purs accords
Dont tu sais charmer nos remords
Et notre peine ?
—Est-ce du ciel ? Est-ce du mont
Ou de la plaine ?
Est-ce du bonheur où se fond
Ton cœur, — qui vibre exempt de douleur et de haine.

XVI.

A ton allègre et vive ardeur
Ne peut s'allier la langueur
Qui nous oppresse.
Jamais souci ne t'effleura ;
Et ta tendresse
Toujours renaissante ignora
De l'amour assouvi l'énervante tristesse.

XVII.

Des blés verts ou du ciel d'azur,
Sur la mort, océan obscur
Aux mornes grèves,
Tu jettes un regard plus sûr,
Que tous nos rêves :
Et de là vient l'éclat si pur
Du chant qui nous ravit, quand aux cieux tu t'élèves.

XVIII.

C'est en arrière — ou devant nous,
Hélas ! que nous regardons tous...
Ames blessées,
D'un rêve qu'éteint le trépas
Toujours bercées,
Nous souhaitons ce qui n'est pas, —
Tissant nos plus doux chants des plus tristes pensées.

XIX.

Quand même nous pourrions aux piés
Fouler vos nœuds multipliés,
Orgueil et Haine,
Et que nous fussions nés exempts
De toute peine,
Jamais nos plus joyeux accents
N'égaleraient ta joie et ta gaieté sereine.

XX.

Mieux qu'Orphée aux divins accords,
Mieux que ces livres, chers trésors

D'un art austère,
Source antique où le monde entier
Se désaltère, —
Sers d'exemple au poète altier,
Toi, l'hôte de l'azur, qui dédaignes la terre !

XXI.

Oh ! verse en mon sein frémissant
L'ivresse que ton cœur ressent
Et sait répandre :
Et mon chant soudain jaillira
Si haut, si tendre,
Que le monde m'écoutera
Dans le ravissement que j'éprouve à t'entendre.

Caen. — Typ. Le Blanc-Hardel.

Extrait des Mémoires de l'Académie des Sciences, Arts et Belles-Lettres de Caen.—Année 1873.

www.ingramcontent.com/pod-product-compliance
Ingram Content Group UK Ltd.
Pitfield, Milton Keynes, MK11 3LW, UK
UKHW021638130726
13696UKWH00005B/2275